风水海上

徐锋水墨作品集

上海人民美術出版社

徐锋艺术简历

　　1963年1月出生，浙江定海人，毕业于杭州师范学院美术系。现为浙江省美术家协会理事，舟山市美术家协会副主席，舟山书画院副院长，舟山市群众艺术馆副研究馆员，清华大学美术学院访问学者。

　　作品曾参加：第二届全国中国画展（优秀奖），第十二届全国群星美展（优秀奖），笔墨纸砚全国青年国画家邀请展，大河春天第五届当代中国山水画展，第十三届全国群星奖浙江省推选展（金奖），浙江省中国画大奖赛暨优秀作品展（金奖），纪念改革开放三十周年全国美术作品展览，2008浙派中青年国画家作品邀请展。

与海相嵎　　/杜大恺

　　徐锋生于舟山，长于舟山，与岛相嵎，与海相拥，日夕相逐，四时相依，涛声不息于耳，舟楫不绝于目，故其绘画以海山为题，十数年如一日，不离不弃，不怨不悔，沉醉不已，不计其余。

　　中国画之尊卑不以题材论之，一枝一叶不以为小，千丘万壑不以为大，其是是非非不以常识之所掣肘，心物相映，自有无尽藏矣。抚今追昔，以海岛是图者，其恩师王飙之外，未或有之。大海者浩瀚深邃，波涛者瞬息万变，中国画夙少为之，非不欲为，实难为矣。徐锋者海岛之所孕育，海岛者徐锋之所寄托，画海岛者徐锋，海岛之子也。

前言

作品

文章

风行海上

涛声依旧　布面水墨　180×130cm　2005年

潮涨潮落　布面彩墨　140×150cm　2006年

东极风景　绢本彩墨　140×136cm　2002年

风平浪静　布面水墨　120×120cm　2006年

大海交响　布面彩墨　173×178cm　2004年

轻浪

纸本水墨
194×120cm
2007年

海居图

纸本水墨
180×48cm
2008年

东海渔歌

纸本水墨
180×97cm
2007年

紫竹潮音写南海普陀山潮音洞丁亥夏至徐钺製

紫竹潮音

纸本水墨
180×98cm
2007年

小船回家啦

布面彩墨
140×155cm
2002年

远光　布面水墨　177×150cm　2004年

泊　布面彩墨　118×148cm　1999年

平潮　布面彩墨　82×110cm　2001年

憩　绢本水墨　68×68cm　1992年

海岛石屋　　纸本水墨　190×180cm　2004年

渔港晨曦　布面彩墨　170×140cm　2003年

涛声年年住我家　　纸本水墨　196×180cm　2007年

海的记忆

潮音　纸本水墨　65×65cm　2006年

西北印象一　纸本水墨　68×68cm　2008年

东极记忆一　　纸本水墨　48×45cm　2007年

东极记忆二　　纸本水墨　48×45cm　2007年

岛色　纸本水墨　68×68cm　2006年

冬云　纸本水墨　68×68cm　2004年

东极记忆三　纸本水墨　48×45cm　2007年

青浜印象之一　　纸本水墨　48×45cm　2006年

青浜印象之二　　纸本水墨　48×45cm　2006年

西北印象二　纸本水墨　68×68cm　2008年

晨雨　纸本水墨　68×68cm　2006年

西北印象三　纸本水墨　68×68cm　2008年

薄雾 纸本水墨 68×68cm 2006年

清雾 纸本水墨 68×68cm 2006年

西北印象四　纸本水墨　68×68cm　2008年

古嶺上 丙戌各音南庄墨

冬凝　纸本水墨　48×45cm　2006年

晚秋　纸本水墨　48×45cm　2006年

秋溪　纸本水墨　48×45cm　2006年

暮霭　纸本水墨　48×45cm　2006年

海风盈怀 /043

望秋 话禅 游山玩水册六 觅诗秋山 登山图 冬闲 观海 秋凉 秋景 山海系列一 山海系列二 山海系列三 游山玩水册一 游山玩水册二 游山玩水册三 游山玩水册四 梵音 初冬 游山玩水册五 暗香 海气 海风轻轻

望秋
纸本水墨
45×18cm
2006年

话 禅
纸本水墨
45×18cm
2006年

游山玩水册六　纸本水墨　34×34cm　2006年

觅诗秋山　纸本水墨　33×45cm　2007年

登山图　纸本水墨　48×45cm　2005年

冬闲　纸本水墨　34×34cm　2006年

观海　纸本水墨　34×34cm　2006年

秋凉　纸本水墨　46×34cm　2006年

秋景　纸本水墨　48×45cm　2006年

山海系列一　　纸本水墨　45×34cm　2007年

山海系列二　纸本水墨　45×34cm　2007年

山海系列三　纸本水墨　45×34cm　2007年

游山玩水册一　　纸本水墨　　34×34cm　　2006年

游山玩水册二　　纸本水墨　　34×34cm　　2006年

游山玩水册三　　纸本水墨　　34×34cm　　2006年

游山玩水册四　　纸本水墨　　34×34cm　　2006年

梵音　纸本水墨　48×45cm　2001年

初冬　纸本水墨　48×45cm　2006年

游山玩水册五　　纸本水墨　34×34cm　2006年

暗香　纸本水墨　34×34cm　2006年

海气　纸本水墨　34×34cm　2005年

海风轻轻　纸本水墨　34×34cm　2005年

行走海边 /061

石塘写生一　纸本水墨　35×50cm　2008年

白沙写生一　纸本水墨　45×48cm　2008年

白沙写生二　纸本水墨　45×48cm　2008年

嵊泗写生一　纸本水墨　45×48cm　2008年

嵊泗写生二　纸本水墨　45×48cm　2008年

白沙写生三　纸本水墨　45×48cm　2008年

白沙写生四　纸本水墨　45×48cm　2008年

嵊泗写生三　纸本水墨　45×48cm　2008年

嵊泗写生四　纸本水墨　45×48cm　2008年

嵊泗写生五　　纸本水墨　45×48cm　2008年

嵊泗写生六　　纸本水墨 45×48cm 2008年

嵊泗写生七　纸本水墨　45×48cm　2008年

石塘写生二、三、四　　纸本水墨　35×50cm　2008年

遠 去 的 潮 音 戊子夏大風嗚石塘里碧村

石塘写生五、六　　纸本水墨　35×50cm　2008年

海雨隨風 壁夏杰於塘鎮

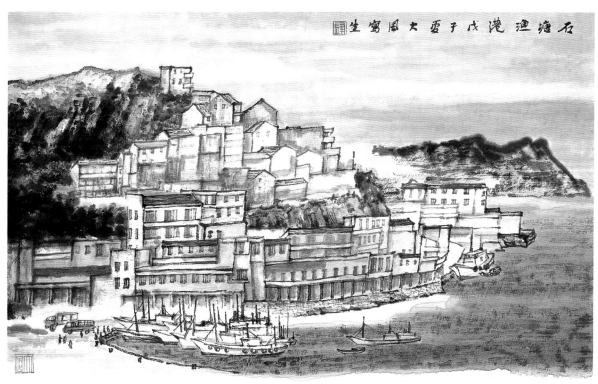

石塘漁港戊子雲大風寫生

石塘写生七、八　　纸本水墨　35×50cm　2008年

枸杞写生　纸本水墨　34×40cm　2007年

东极写生　纸本水墨　34×40cm　2007年

嵊泗写生八　纸本水墨　45×48cm　2008年

浪舞白沙 二〇〇八·七·×·F

白沙写生五　纸本水墨　45×48cm　2008年

海的召唤

□ 池沙鸿

翻开中国画史，走进古人的山水画丛林，很难觅到意笔的大海，更不用说体味笔墨中的咸腥海风，感受天水一色的浩然之气。

当代画家有不少人画海，但是在表现自然的同时显出中国画写意精神和笔墨魅力者，甚少。我以为最值得研究的应该是浙江舟山的王飙。原先在那里生活的王兆平和朱仁民也有很深的画海功力。

徐锋是王飙的学生，他的作品自然秉承着舟山画家领悟海的特性。他们敏感，细腻，情感奔放但内敛，审美的主观意识很强。大海作为自然造物，不可比拟地强大。它喜怒无常，宽阔的胸怀给人类以厚赐，但也会无情地拂去人类的痕迹。人类敬畏而崇拜它，既把它作为母亲又把它作为尊神。在这种意识之下描绘大海，传统中国山水画的造形法则会显得相当羸弱，而中国书法、大泼墨的激扬意向则比较接近大海的精神。

所以，徐锋画海的作品弱化了造形的写实性和传统绘画构成讲究的起承转合。大开大合的构成中常有地平线横亘画顶，甚或冲出画面，让大海远山近礁船舶房屋云块互相碰撞交错，尽展张力。他的用笔肯定而随意，有意地避开曲折，带有一定的装饰性。墨色变化从大处着手，看重整体的协调。在阅读过程中，我几次在脑海中晃过贾又福、姜宝林的山水图式。徐锋的许多作品其实和他们一样，是在自然造化中找到方法，而他的画面更为咸湿、动荡，也略显秀气。在《潮涨潮落》、《风平浪静》和其他许多画作中，徐锋用尖顶的三角表现远山，让人想到米芾，但他的更硬朗沉重，变化更多，且常重叠多彩，不全是黛墨点点。

徐锋熟悉传统，也深得笔墨三味，从他把玩的小品中能品出许多古韵。也是因为海的品质，把他的小品冲刷得练达而大气。徐锋有西画底子，对版画、平面构成也有涉猎，所以作品中许多块面和黑白灰的处理很有意思，常有特异感，又能够与笔墨融合得当。徐锋是个很沉静的人，善于捉摸。与感受大海一样，他对别人的艺术东张西望，细细品味。一不留神，他的画中会多几种音符。

然而，他最多的还是在海岛、大洋中捕捉振奋人心的瞬间。

当下山水画家众多，而画真山真水的很少，被自然山水激起艺术热情的更少。读徐锋的画，发现他是一个被大海召唤，从心底生出激情的画家。

与池沙鸿老师在婺源写生

嵊泗速写（上图）　　东极速写（下图）

要——说徐锋

□ 王飙

要，这个字对任何人来说都很看好。没有这个要，人还有什么活头。因为先产生要方能得到有。

徐锋在这个要的空气里长大，他当然也在要。

他要了一位漂亮的贤妻，有了一个聪颖保送到重点高中读书的乖女儿；

他要了二幢房子，一在舟山海边，二在钱塘江边；

他要了一本驾驶执照，能自己开车了；

他要了个职称：副研究馆员，但上帝也赐给他一个官位：副馆长。

按时下话说他都要齐了，然而他还在要。

我是看着他长大的。他一步一步走到今天，其支撑点则是他不停地要一样东西，那就是他要画画。

画画，才是他最要的一个宝贝。

他画过计划生育宣传画，挺认真在这个单位干了十几年；

他画过渔民画，一画就在全国展上获了奖；

他画过水彩水粉广告设计，为客户跑来跑去；

后来在市群艺馆"定居"下来专攻中国画山水了。

布上水墨，他画了；

熟宣纸上水墨，他画了。——都入选全国展览并获了奖。

而今，他要的东西更具体，更多了。

看见古人笔线鼎力，他想要；

看见今人形式构成，他想要；

看见名家册页小品的精致，他想要；

看见高手丈二大作的潇洒，他想要；

看见现代水墨的诡秘神奇，他也要；

看见美院学生能对景毛笔写生，他更是想要，立即仿效蹲在海边一张一页在线上墨上形式上摸索自己的审美和理念。

为了这个要，他已在今年九月赴清华大学美术学院以访问学者身份踏上他憧憬的第一步。

时下对要有三种状态：

A类，利用自己身份去猎取额外的要；

B类，混入黑道吞啮那不该的要；

C类，以自己体力或脑力按自己的付出得到属于自己的那份要。

徐锋是属于最后那一类。他是凭自己追求的定力，不断给自己加码，不断挑战自己。

他的要，是对社会有利的，因为他在创造，创造精神财富。

愿徐锋在要的路上，走得更稳更高。

与老师王飙在画展上

与王飙、马进良、陈平老师在婺源写生

读画记

　　印象中徐锋一直是温文尔雅、不急不火、认真负责、助人为乐。在绘画上韧性十足、埋头苦干，不好虚言噱头，是个很本分的人，但是很执著，在人家已不大接触的写生画上，下了很大功夫。我看他的海岛写生画，看着看着入了迷，因为它不同于传统的，也不是张仃那类的，很独特。要比一下，似乎有些郁特里罗的蒙马特街景的味道：那么纯情，那么无邪，不炫耀，不做作，但也不是平平淡淡，平平凡凡，自有一种技巧在支撑。

　　他的小品也很有意思，虽然可以说他脱离生活，但却给观者创造了一份闲适的生活。在这种小品里画的人物如果是比例接近准确的话，就会少了一份距离，多了一份拘泥，徐锋很明智。线组成的抽象性块面是对传统欣赏习惯的颠覆，给人一种清新。在徐锋逸笔草草、高产量的作品里也发现了对笔墨的进一步锤炼似有欠缺，既然，对龚贤的深入发掘和自身的再创造可以产生黄宾虹，可以产生李可染，我们何不回过头来对古代大师作现代的开发呢。现在精制的印刷品质量也高，观摩原作的机会也比较多。

　　徐锋还有一种所谓"小创作"，我觉得是不错的，因为尺幅较小，控制得当，构图上、用色用墨上也摆脱了传统绘画或西洋透视的近大远小、近浓远淡的制约，尽情发挥，线组成的片和墨色交响，画面雅韵隽秀，明润华滋。但是在大幅创作中，这些都不见了，拘谨了，片片满布，有"碎"的感觉，不过这是历程，定能克服，日臻完美。

　　姑妄言之，姑妄听之。

084

曾宓老师指导创作

姜宝林老师指导创作

杜大恺老师点评作品

与王飙老师、金心明、章耀、李云雷及舟山画家在普陀山

与金心明、王平、章耀、徐荣木在朱家尖大青山上

与孙志钧老师在舟山

舟山徐锋

□ 金心明

第一次去舟山，在鸭蛋山码头，闻到一股浓重的海腥味。于是，在我心里，这舟山便整个地和鱼腥味联系在了一起。

说是岛屿，这地方却也有横七竖八的街市，也有往来穿梭的汽车，也有从这个城市到那个城市的距离。绵延起伏的山峦，低低矮矮的，不长树，只长石头。拂过山头的是那边海上吹来的风，飘摇而上，恍入蓬莱。浅浅的海湾，挤着满满当当的小舢板，舢板上飘扬着五颜六色的彩旗。从定海到普陀，空气中弥漫的依然是挥之不去的鱼腥味。

《海山》、《如歌的潮》、《在公海上团聚》、《游园》、《十字街头》，这些，都是我所熟知的舟山美术的经典作品。当然，还有很多，关于渔民画的故事。制造这些作品和作品以外的故事的人们是舟山这个地方的美术群体。这群生活在大陆之外、隔着海的岛屿上的人们，对于他们的思绪和情怀，因了这些作品，每每使我心生敬畏，心生好奇。蜿蜒数里的沈家门夜排档，为了画画而喝酒？为了喝酒而画画？也或许，都不是。其意不在酒，不在画，而在于融合。融合在茫茫的无边夜色里，融合在喁喁的低声细语中，融合在悲天悯人的理想外。

温存而妩媚的蓝天白云，无尽的柔情涌动于碧波深处。足以产生太多可能的大海，阴晴圆缺，光怪陆离。黑黢黢的山崖矗立在烟波浩渺的海面上，出窈入冥。流淌的音乐，诗人的吟哦，忽而平淡，忽而高亢，画无常法，画无定法。这就是海，这就是风，这就是海风的力量。

徐锋是舟山人，是这群画家中的一员。

金心明题徐锋画室"半步阁"

海的"幅"

□ 方 平

悟之所及，中国画也是。不懂画如我者，也是因为悟之所及，终也大率知道个好歹，又往往会顺着好歹作一番似是而非的见地。中国的文化有很大的幅，明眼者看去，内行者未必内行，外行者未必外行，世象中就有了没文化的文化，又有了文化中的没文化。游戏是热闹的，故有不尽的喧闹、随性和喜乐，醉心于此道者，不尽兴的了了。

徐君大风兄，故交也。做了三十年的朋友，看他画了三十年的画，从农村画进了城里，从业余画成了专业，从册页画到墙壁，可谓是巨作比墙了。舟山的画家画海，类似于靠海吃海，他们又自称海风画派，徐锋又名大风，有些个"兴风作浪"的理想在。

海其实大而无当，对于海除了"东临碣石，以观沧海"外，再没有了不朽的文学和美术作品，上面的句子也是王气所摧，不是文人的作品。任何人走近海，一般感觉不过来，是难以把握的，尤其对于本土的画家，海是什么？海就是熟视无睹。于我理解，海对于我只是一种气氛和一种生活了。因此当徐锋画海画出一种沉稳的时候，我是为他高兴和惊喜的，艺术还是讲冲突的，为人的沉稳是与世道的对比，画海的沉稳是与表象的对比，这才有了隐约的气，有一种心胸在里面了。动静之间的死活，是我这样的外行看画的唯识，人活在世上，能懂的还有什么呢？

海最美是静海。二十几年前的春节在徐锋家门外的海边，有一个很静的黎明，雾露从海上蒸起，海面平滑如绸，静得鱼啄水面惊起圈圈细细的涟漪。于是请徐锋操刀刻了一方"雪落静海"的闲章，不知大风还记得否？

唯海之大，沛然能生静气，静是一种有余的沉着，是人活着的"幅"。

东极速写

与父亲、弟弟在家乡小渔村

与爱人、姐姐、弟弟在父亲画展上

我的学画历程

□　徐　锋

我出生于舟山本岛北部的一个小渔村。父亲是村小学的校长，教美术、常识，会画水彩、国画。我学画是在父亲的影响下开始的。大约在七八岁的时候便开始照着儿童读物上的画，画些铅笔淡彩。十岁时试着用宣纸毛笔来画国画了。每年寒假都是我家最忙碌的时节，家里挂着的画都要重新更换，父亲便临摹些任伯年、吴昌硕、齐白石、陈半丁等人的画，裱成立轴挂在家里。从那时起，我知道了这些画家，也喜欢上了中国画水墨渗化的神奇效果，开始临摹起一些简单的花鸟、山水。

星期天，父亲经常会带我到码头、海边写生，画些渔船、码头、礁石和在织网补网的渔民。小渔村非常的繁华、忙碌，渔业产量一直在全县领先，每年都要打造好几条机帆船，新船下水会是全村的节日，鞭炮鸣响，彩旗飘舞，街上到处都是喜悦的脸，孩子们更是奔来跑去高呼"新船下水喝老酒，明年产量又丰收"。　十三岁那年我画了一幅国画《我们大队又造起了一条机帆船》，入选了全省少年儿童画展览，在杭州展出，对我鼓舞很大。

因为喜爱画画，父亲带我认识了王兆平、王飙、毛文佐等老师，在后来的学画和成长中，他们都给了我很大的帮助。

十五岁那年，托人在宁波买了一套《芥子园画谱》，便开始

草图

临摹起《芥子园画谱》上的山石、树、名家画谱和前言的书法，大大小小的画挂满了整个房间，也开始渐渐地知道了郭熙、范宽、米芾、龚贤、八大山人、石涛和他们的画。

因打听到考浙江美术学院要画素描和色彩，也开始临摹素描头像和一些色彩静物。十七岁那年，我挑了几张自认为画得很像很好的素描、色彩和一幅国画寄到美院参加考试报名，一星期后收到一封鼓励的信，始知离参加考试的标准还有距离。

高中毕业后我参加了工作。因会画画后来招工到乡文化中心，做电影放映员，画幻灯宣传成为主要工作。每年都要参加县、市、省电影幻灯汇映比赛。1981年参加全省电影幻灯比赛，第一次来到了杭州，在一个细雨蒙蒙的晚上看到了美丽的西湖。

1983年，为迎接全省工人农民画展，县文化馆组织了全县的业余美术爱好者参加农民画创作培训班，进行现代民间绘画创作。还到上海金山参观学习了农民画创作。后来创作的几幅作品分别在浙江省以及全国的画展上获了奖。

一年以后，我来到了县城工作，从此有更多的机会参加学习和画画。同年秋去杭州、上海参观第六届全国美术作品展。第二年，县文化馆举办了一期中国画学习班，在那里比较全面地学习了中国山水画技法与创作，为今后从事中国画创作打下了一个良好的基础。同时继续从事着农民画的创作。1987年，舟山现代民间绘画展在北京中国美术馆展出，

我作为作者代表第一次聆听了北京著名画家对我市渔民画的高度赞扬，给我的心灵产生了震动。以后，中国画的创作也在几位老师的鼓励和指导下逐渐有了成果，能参加市里省里举办的展览了。同年加入了浙江省美术家协会。

1989年去广州、深圳参观第七届全国美展中国画、水彩水粉画展，又一次感受到了真正的国家级中国画大展的分量和震憾。

以后的几年里恋爱、结婚、养育女儿，期间断断续续的画过画，经过商，上过班。

1998年通过成人高考，就读杭州师范学院美术系，系统地进行美术理论、中国画、素描、色彩、透视的训练。通过学习有了不少的收获，对绘画重新燃起创作热情。这期间创作了不少作品，同时做了美协的组织、策划、展览、采风、交流活动等工作。这些工作不仅锻炼了自己的能力还提高了自己的审美，创作上也得到了很大的进步。

2001年，我调到了市群艺馆，开始从事群众美术创作及舟山渔民画的辅导工作。从一名业余的美术爱好者变成了相对专业的美术工作者。使自己的爱好成为自己的职业，这是非常值得庆幸的事。当然，做一名画家的理想是更接近了一步，但对自己的要求更高了，压力也更大了，只有勤奋地工作，虚心地向老师同道学习，不断地积累创作经验，才能有所提高，有所进步。这期间在创作上又得到了省里孙永、池沙鸿、刘文沪、金心明、马锋辉等老师的大力帮助和指导。

舟山独特的地域特色，海洋环境为我的创作提供了源泉和动

与潘鸿海、魏新燕、马锋辉、张谷旻、毛文佐等老师在普陀　　　　　　　　与导师杜大恺先生在舟山

力。海的表现手法在传统的山水画表现技法上很少有可借鉴的地方，只有靠自己不断地探索，不断地尝试，不断地积累创作经验，才能摸索出一套适合表现海的独特的手法。2003年，在王飚老师的指导下，尝试布上水墨，创作国画《小船回家啦》，参加第二届全国中国画展览并获了奖。这是一个新的开始，说明这种创作方法得到了专家的认可。同年秋参加了省群艺馆组织的亲山爱水中国画创作班，在赴婺源写生后，集中创作了五件作品并参加展览。后来又参加省群星中国画创作班，学员之间既能相互学习相互借鉴，又能相互提高，每一次创作都是一次总结，都是一次进步。

学画的过程其实是交流、探讨、提高的过程。这几年通过写生、创作、作品研讨，渐渐地明白了这一点。每一次的写生王飚老师总能在我们看来平淡的景物中发现能入画的元素，或是节奏，或是形式，或是色彩，这些元素经他的处理都会变得非常的生动，非常的合理，而且极有生活情趣。无论在福建的深沪、崇武，还是舟山的嵊泗、东极、白沙、普陀山，跟着他确实让我学到了很多东西，特别是对景的选择、画面的构成、海岛气氛的把握以及笔墨的变化处理等都受益匪浅。画画要有感情，通过对景物的塑造，气氛的营造，加入自己的感受，再创造出画面的意境，先感动自己然后才能感动观众。

画画小技耳，但对于没有进过科班的我来说相当的艰难，好在我们有生活有感情，可以在丰富的现实生活中寻找灵感、寻找规律、探索技法，从而磨炼自己，完善自己的创作语言。

回顾这些年来自己的学画过程，除了父母的教育关心外，经常能得到老师们的指导帮助，同道的鼓励，家人的支持，算来也是一个跟画画有缘的人，但愿这份缘能永远的延续下去。

写生日记

□ 徐 锋

东极/ 11月17日

因冷空气影响，去东极的船停了几天。

今天的船是走嵊山的"奇观轮"，顺便停靠东极。船舱里人较多，我们几位不怕晕船的就呆在船头甲板上看海，心情极为舒畅。船过普陀山，海水开始清爽和蓝起来，再往东便看见了东极诸岛。船靠苗子湖岛。我们下榻的东福大酒店，紧靠码头，窗外看得见海，听得见涛声。

中饭后外出写生。海岛平地少，房屋依山而筑，凭海而居，一层叠一层，一间半间，错落有致。发觉有许多能入画的，便勾了几张速写。穿过石阶小街沿山路而走，边看、边画，至山顶有巨石相磊，边上多茅草和长不大的松树。见部队哨所，"东海第一哨"摩崖石刻。晚饭后去海边散步，夜幕下零乱、嘈杂的不需要的东西都被隐去，只见隐约的石屋、微弱的灯光，都糅合在整体的山形之中，非常完整。海面上摇动着的船及一晃一晃的波光，静静的，有诗意、有画意。

11月18日

六时半起床，沿海边兜了一圈，海边上泊着许多早归的小船。码头上散落着忙碌的人群，几只刚拢洋的小船忙着搬卸鱼货，卖鱼的、买鱼的讨价还价，忙碌而热闹。画了几张速写。八时乘小客轮去青浜岛，还未靠码头，早已看见密密麻麻的房屋从海边一直耸立到山顶。心为之一颤，青浜岛的房屋建得极有特色，沿海面依次为礁石，礁石上筑石坎，石坎上再造房子，二层三层的，屋后面再一层礁石、石坎，再造房子，层层相叠，直到山顶，形式感极强。心里想着可以画，但还需进一步概括、提炼和营造气氛，便画了几张石屋的速写作为素材。码头边近百艘小船分队排列着，船体色彩漂亮、新鲜，船上红、黄、蓝、绿、黑各色小旗穿插其间，大家一齐激动，纷纷拍照、写生。一位老渔民告诉我们，到中午船还能增加许多。小船的题材已画过一幅。海风画展还想画两幅，如何构图组合，再出新意，是需要好好考虑的。青浜岛北面多礁石，尽管没有风，但还是白浪滔天，巨浪不定地翻腾，一次次撞击着礁石，声如雷轰，心也随之激荡、澎湃……如何用水墨来表现海的雄壮、海的深沉和海的宽广，一直是困扰着我的一个难题。大海能给予我灵感吗？一位作家曾说过：大海所给予人的是一种力量，一种感悟和永远的哲思。

11月19日

东福山是舟山最东面的住人小岛，往东便是一望无际的东海和太平洋。这里风大、浪急，素有"无风三尺浪，有风浪过山"之称。苗子湖风平浪静，而这里都是大浪拥着小浪，以致我们靠码头也费了很长时间。岛上多巨石、剑麻、仙人掌，崖边石隙都长满了青青的菊花形的还魂草。石屋比青浜更简朴、更有海岛味，墙体都用方正的花岗石块和石条砌成，二层的居多，窗开得很小，黑黑的一个洞。屋顶上多压着石块和渔网以防瓦片被风吹起。望对面的山坡，石级路、岩石、石屋错落有致，都统一在赭石色调子

青浜印象三　　纸本水墨　　45×48cm　　2006年

嵊泗速写

里，茅草也是赭色的，一层层直到山顶，只是居住的人少了，有点凄凉，海岛的石屋确实很有特色，也很有形式感，取舍得当，还是能出作品的。

午后，风大了，远处的海面增加了一道道白色的浪花，一排排翻滚着，跳跃着，涌向岸边。海的颜色也从天边的深蓝色、蓝色、蓝灰色渐渐变化，浪花的形状也在不断的撞击中变幻着，浪来浪去富有节奏。我们坐在一块大石头上看着，画着，仿佛也与这浪一起荡漾起来。要是能把这节奏和气势移到宣纸上该多好呀！

回来的船上，随着浪的节奏打起了瞌睡。

11月20日

下午，雇了只小船作苗子湖环岛行。海岸多礁石，形状有大的、小的、整体的、孤立的，分布在岸线上，颜色有黑的、黄的、红的、灰色的，更有黑白相间的，一条一条似晒着的网。每一个海湾都有不同的风景，有布满大小石头的山岩，有石屋的小渔村，有建造亭子的北码头。船慢慢地行驶着，夕阳下，礁石的轮廓更加明确，颜色更加深沉，海浪不停地拍打着礁石，涌起白白的浪花……这是些非常适合油画和水彩来表现的题材，大家不停地拍着照片，想留住着一路难得见到的风景。

嵊泗／ 4月1日

　　"海风吹我"舟山嵊泗写生采风团一行14人，上午8时30分乘飞舟1号高速客轮赴嵊泗菜园镇，此次写生活动是为"海风吹我——舟山群岛美术作品展"体验生活、搜集资料而安排的，写生结束将举办写生作品观摩，创作草图审定，并于九月份举办海风美术作品观摩展。为此这次写生带着非常大的目的性，且是人员最多规模最大的一次。大家各自带上写生工具：油画作者背着沉重的油画箱，拎着空白的油画框；国画作者带着画夹、册页，装备齐全。王飙、毛文佐两位老前辈亲自带团，有他们的指导，大家都想在这次写生中有所收获。

　　一路风平浪静，9时10分船靠大洋码头，洋山自2001年建设以来飞速发展，36公里的东海大桥的建成通车更是洋山港发展建设的重大突破。码头上吊车起重机忙碌地工作着，集装箱整齐排列，东方大港的规模已初步形成。大家各自拿出相机跑上码头取景拍照、速写，逗留十分钟。10时30分到达嵊泗李柱山码头，下榻县城菜园镇。

　　下午去嵊泗本岛五龙乡会城岙村写生。五年前，我们在此写生时，从边礁岙翻山到会城岙走了一个多小时。如今这里已修通了公路，汽车在山上盘来盘去，停在会城岙沙滩边。远处海湾山坡上的一组房屋组合得非常漂亮，沙滩、海水、堤坝、渔船、房屋一层一层有节奏感，大家各自寻找最佳角度开始动笔。我沿着堤坝走到近处的避风港边，一个小小的海湾停泊着蓝白相间的蟹笼船，山上的房屋大小相间，灰色、黑色、白色、土红、土黄有节奏有变化，应该可以画。拿出画夹，铺开宣纸画了起来。原来来海岛总想寻找新鲜的题材，现在看到房子、船、海岛，老是在想如何把它们组织好，用水墨的浓淡枯湿、虚实来表现。每个景、每个物体都可以来画，但如何把它完美地表现出来，想通过这次写生来解决，但是还有很大难度。匆匆完成三幅水墨初稿待晚上加工完成。

　　写生的方法有许多种：目识心记是一种；对景写实是一种；根据画面的需要及个人的审美组合取舍搬移也是一种。后一种比较灵活，且要有自己的想法，会取舍，能出意境，这便是古人说的"迁想妙得"。要做到这点难呀。

　　晚上，调整下午的写生，不是很理想，接下去的几天大概会画得好一些。

　　4月2日

　　本来8：00开往嵊山的航班调整为7：40开，匆忙吃好早饭，拿好行李，结清房款，打的到小菜园码头，乘嵊翔轮去嵊山。海面风平浪静，海水清澈湛蓝，站在甲板上看着渐渐远去的嵊泗本岛及码头，大家都拿起相机寻觅题材。船过五龙六井潭，岸边石壁奇突，造型危耸，巨石中间砌有一间土地庙，与周围环境非常协调，可入画。转过一面，石崖上有新修栈道栏杆，通向礁石上的灯塔。蓝色的海水，褐红色的礁石，绿色的植被，白色的灯塔，组成一组完整的画面。9：30，

海寺图　纸本水墨　68×72cm　2007年

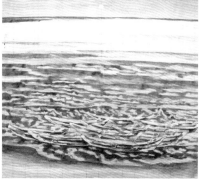

创作小稿

在普陀山写生　　　　　　　　　　　　　　　在石塘写生

船靠枸杞码头，上船下船的旅客匆匆忙忙，我们也忙碌着拍码头上的建筑物及礁石、山体。远处是新修的环岛公路及正在建造的嵊山枸杞大桥。大海、沙滩、小船、石屋、山崖、蓝天上的白云一层层向上推进，多么完美的一幅现代山水画。从枸杞到嵊山只有十多分钟的航程，船上远眺嵊山岛，船开风景移。时时有新的角度可供拍摄。每次到嵊山岛，每次都有新鲜感。海山、礁石、码头、冷库、沿山的民居层层叠叠，马达声隆隆，海腥味扑鼻。零乱、嘈杂是所有海岛的第一印象，比起以前，少了哒哒作响的三卡，多了干净的面包出租车，路边少了发臭的鱼虾，多了干净清洁的绿化。出租车把我们送到宾馆。下午稍作休息，便去泗洲塘码头写生，那里民房多，新造的房子与老石屋相互穿插，海塘标准，山体简洁，轮廓鲜明，还是能找得到几种形式。山上岩石裸露，植被茂盛，加上房屋的颜色红白黑黄绿各色都有。对于水墨写生，这些色彩都没有关系，我关注的是山的高低、大小、虚实的关系与结构。画了两幅，再到码头上，正面朝房子、堤坝找出变化规律后画了两幅。回家后还需继续加工。取舍、移景、寻找形式与造型的关系是写生的关键。然后再用笔墨的浓淡虚实的变化，线条与块面的关系来组织画面，统一画面。

　　王飙老师善于发现对象的关系和形式，再强化所要表现的对象，因此他的写生画面虚实处理得好，形式漂亮有节奏，再加上墨色浓淡的变化，显得非常的完整、协调，该多多向他学习。

海岚　纸本水墨　68×68cm　2006年

4月3日

　　写生中景点的选择是比较难的，是形式还是内容使你能坐下来画。应选择别处不易见到的且是美的细节，或形式或小景点或节奏关系。把握画面大的节奏、形式，致于平时或凭空能想出来的东西，待画面节奏布置好后也可以填充。归纳出有节奏，又有形式的去画确实是比较难的。每次碰到新的景点，每次都会疏忽掉。画家的眼睛就是要发现别人发现不了的美，然后再把它强化，提升到更高的审美空间。上午画了两个景点，一是海水淡化厂。前景沙滩、小礁石、石坝、海水淡化厂厂房，都用横的线条来表现，房子是横的，后面水库坝也是横的，最后面的山，山上横的房子。一层一层都是平平的，但画了两张都不顺手，笔墨关系处理不好，形式感不强。第二个景点是以三角形的礁石为主，前景中景，由大大小小的三角形组成，用海水相连，黑色的礁石在阳光下闪着亮光。节奏比第一幅好把握，也有变化得多。

　　下午沿着南面的山坡，远眺泗洲塘、轮船码头。前景是一大批山坡岩石，但有点乱，要把它组织起来有点难度。海面开阔，海水清澈，阳光有些暖意，微风吹拂，空气清新，在这样的环境下写生，倒是很惬意。顺着山坡走了一圈，到冷库码头，这里的礁石也非常有特点，三角形较多，纹理清晰，高低错落有变化，在传统山水画中也可以找到它的表现方法。再往上看冷库房子大小相间，线条平直，长短、高低一层一层从礁石边往上推，一直到山顶，只可惜只能看到前面的几幢房子，后面的房子只能边走边记，移步换景，把节奏延续上去。这里色彩也漂亮，一大块灰白的墙面，间隔土红墙砖，白色的阳台，褐红色的墙面，小小的黑色的窗户，但画起来还是难，大概适合于油画，用块面来表现。

东极速写

白沙/ 6月28日

　　"浪舞白沙、海钓天堂"是白沙岛打响的旅游口号。白沙岛位于朱家尖乌石塘东北面，北靠洛迦山，地处洋鞍渔场，由白沙山、柴山、蛋山、北鸡笼等七个小岛组成。四月初第一次踏上白沙岛，耀眼的白色成为最强烈的记忆。民居房屋大都建于八十年代，二底二面，一块块方方正正，外墙一律新粉刷成白色、浅灰色，象一块块积木堆放在海边山坡。这些白色的建筑象极了欧州希腊的建筑风格，远远望去象一座海上城堡。从湛蓝的海上起，依次是深灰色的沙滩，赭碣色的礁石，赭黄色的乱石墙，白色的墙体，再加上几幢灰红色的老房子，远处郁郁葱葱的山，深蓝的天空。很现代、很精致、很干净、很安静的一座小岛。

　　午休后，拎着画具出去写生。礁石、山坡、房屋都很有特色，而且一块块非常明显，色彩对比强列明快。但如何去表现是个难题，传统的山水画技法不适宜去表现，色彩、线又很难准确把握。来之前我思考了很久，究竟用什么方法去表现现代特征鲜明的海岛，笔墨、构成、色彩侧重哪一点呢。最后还是决定用构成及色彩来表现这座海岛更加适合。

　　第一幅写生完成不是很理想，景画得太全，房屋主体不够突出，现代感不

创作小稿

强。第二幅作了调整，强化房屋、乱石围墙、礁石、海滩。以淡墨、淡朱、淡赭石来衬托出白色的墙面，效果稍微好一点，但在色彩与景色上还缺少些变化。无论怎样这次总区别了前二次嵊山、石塘的写生，在选景上还是要多考虑构成与现代感。

6月29日

　　白色的墙面嵌着黑色或蓝色的小窗，深灰色的水泥路村道始终贯穿着这些组合得和谐的色彩、有节奏的民居。用工整的线条难以表现出有体积感的白色的房屋。想想用现代的线、现代的形来表现海岛现代的房子，应该会是比效好的方法。画过几幅后发觉还是不能完全表达出来。

　　深灰色的沙滩上几只蓝色的小舢舨，碣色的墙基，白色的墙体在早晨清凉的海风中组成一幅静谧的画面。

　　夜幕中礁石、山体暗下来了，白色的房屋已成灰色的亮块，海水泛着清幽幽的光拍打着礁石，在静静的夜色中发出有节奏的撞击声。夜色使这一切更加整体，更加统一了。

　　白沙岛的夜有些许的凉意。

图书在版编目（CIP）数据

风行上海：徐锋水墨作品集 / 徐锋绘. —上海：上海人
民美术出版社，2008
　ISBN 978-7-5322-5975-5

　Ⅰ．风… Ⅱ．徐… Ⅲ.水墨画：山水画—作品集—中国—
现代 Ⅳ.J222.7

中国版本图书馆CIP数据核字(2008)第173325号

风行海上——徐锋水墨作品集

著　　者	徐　锋
责任编辑	范奕彬
封面题字	杜大恺
封底篆刻	王天长
装帧设计	金三山　张志强
出版发行	上海人民美術出版社
社　　址	长乐路 672 弄 33 号
设　　计	合金书籍装帧工作室
印　　刷	上海雅昌彩色印刷有限公司
开　　本	889×1194　1/16
印　　张	6.5
版　　次	2008 年 11 月第 1 版　第 1 次印刷
印　　数	0001－1000
书　　号	ISBN 978-7-5322-5975-5
定　　价	88.00 元